나의 온 삶은 훨씬 짧게

지혜사랑 296

나의 온 삶은 훨씬 짧게

안정옥 시집

지혜

시인의 말

그것이 詩다라는 확신이 서지 않을 때,

아흐레쯤 나를 어디로 멀리 갖다 버리면

돌아오는 길에 희미한 불빛 보게 될까

너를 잘 알기도 하고 잘 모르기도 해서

안 정 옥

차례

1부

2부

3부

4부

5부

1부

닭의장풀

아침에 핀 닭의장풀 꽃을 송두리째 잘라
물 컵에 넣어주면, 야생은 참으로 거칠다
집안에서 꽃도 펴, 수염 같은 뿌리들
견디는 힘 또한 무지스럽다
들어올 여분도 없는데 벌레들은 어디서 오나
공기 껍질 같은 꽃잎을 바삭이며
빤히 쳐다본다는 착시에 빨려들 것 같다

그래도 꽃잎 속으로 한발 더 들어서면
피보나치의 논리를 따분하게 들어줘야 되듯
남의 영역으로 들어간다는 건 흘린다는 말,
당신에게 흘린다는 건
나의 많은 부분들 가지 쳐야 하듯
닭의장풀의 침묵과 당신에 관한 침묵들
단단한 세상인데 무얼 더 밝힐 수 있겠어

나의 생, 어느 중간쯤 닭의장풀 꽃 보며
에둘러서 말하고 싶다는 것이다
닭의장풀이나 나나 뿌리내린 시간들이
지극히 짧은, 그럼에도 당신의 영역에
들어가질 못해 안달이다
몹시 말하고 싶은데 이렇게 에둘러대는,

>
삶은 한 뼘씩 죽어가는 것들과
잠깐씩 이별하는 것이라 말해 줘

빗자루는 흔한 것이잖아

날아다니는 빗자루가 혼란스러운 적 있지 내 방문을 잡아채려는 마녀, 그들 빗자루를 그냥 두길, 내가 빗나갈 때 빗자루로 맞기도 했지 늘 세워둬 그러나 밤이 되면 빗자루 타고 어디든 날아가야 해, 이것저것 몸소 겪은 뒤, 내 안에도 나를 지켜주려 애쓰는 이가 있다는 걸 알아볼 줄도

지금도 마녀 탓에 죽어가긴 해 내가 죽은 후 화형을 당하긴 마찬가지 원래의 뜻과 상관없이 삶은 함부로 뒤섞여있지 풀려 하면 더 엉켜 그러니 흔하고 보잘것없는 빗자루나 타고 날아갈 상상이나 할 수밖에

나를 지켜주는 이의 이름을 부를 때 있어 가파름을 건널 때 내 양 어깨를 잡아준 지도 모르지 그렇지 않고 어떻게 밤이 지나면 상심의 무게가 반으로 줄겠어 눈물의 반도 누군가 울컥 삼켰어 혼자여서 잘 버틸 수 있었던, 그러니까 내가 달빛을 받으며 빗자루를 타고 멀리 날아가는 걸 목격해도 못 본 척해

헌 의자 위에 헌 눈이

자고 있는 동안 내린 눈은 정묘精妙하다 들썩이는 사람 없
으니 집중을 다해 내렸을 것 오래전 내 놓은 헌 의자도 눈이
되어있다 의자 위에 눈은 치우지 않는다 버려질 의자에 앉
아 마지막 보낼 장문을 써내려갔을지 모르겠다 간밤에 내
린 헌 눈 위로 수시로 눈을 보태, 눈도 소나무 위에 걸터앉
기는 식상했을 것이다 사람에게 흩날리기도 따분했을, 카
드 속에 침묵하기는 그렇고 의자에 앉기는 좀 색 다른가

기력을 다한 의자를 변신할 수 있는, 흘러내린 눈물 위에
다시 눈물을, 헌옷이 새옷에게, 사람도 지나간 일 위로 자
꾸 새로운 일 보태주는 것이 삶이 듯 그렇게 소리 없이 지나
가기만 하는 일들은 애달프다 눈은 내렸고 버겁다 풀어 쓸
수조차 없는 희미한 죽음이 당도해도 해줄 수 있는 일은 소
리 없이 왔다가는 눈처럼 소리 없이 왔다간 사람처럼 그저
모호하게 바라보는 일뿐이어서 더 애달프다 나도 지나간다

시카고, 시카고

고달프면 그는 시카고, 시카고, 검은 눈은 미시간 호에
악어로 떠있어 누구나 한번쯤 가봐야겠다 상상하는, 아무
갈등 없는 그런 도시 갖는다 그와의 삶은 어디에도 없는데
이렇게 오랫동안 시카고, 시카고를 호응해 주지 못한

그가 사라진 후에야

지금쯤 그는 시카고 어디쯤 수로에 가두어놓았나 나무 위
에서 한 마리 새로 앉아 자신의 고달픔을 가라앉히나 새의
말을 듣지 못 하듯 모든 새의 말을 다 알아듣는다면 한동안
정신을 잃을

나는 코르크나무가 숲을 이루는 어디쯤 오크나무 위에 앉
은 한 마리 새가 될 수 있을까 새의 말은 그렇게 지척이다
그러니 못 알아듣는다 화는 내지마 이제서야 들리는 시카
고, 시카고,

번역 아니면 고니

　나를 잘못 옮기는 사람, 내 말을 다르게 듣는 사람은 누군가 당신의 말을 놓치지 않으려 두 귀를 세워도 능력 밖이다 당신의 말도 제대로 옮기지 못하는데 더 절절한 건 변명하려는 내 짓이다 사과처럼 칼로 뚝, 반으로 자르듯 나를 잘라보면 거기 10세기의 삶조차 잘못 옮겨진다

　당신은 말을 더 간략하게 해서 흐리다 함축만 해서 알아들을 수 없는 것도 있다 그럴수록 빈 들판에 오래 서 있을, 흰목을 있는 대로 늘려대는 고니는 말의 가락이다 고니에 대해서조차 다르게 번역해서

　몇 십 년 전 내 앞을 맴돌다 간 나비의 날갯짓도 제대로 좀 보라고 누군가 나를 이곳으로 휙, 던졌다

패랭이꽃의 추억

갈 길 멀고 낯선 나라에서 어떻게 해야 할지 걱정하는 그녀를 위해 남자는 그녀를 작은 패랭이꽃으로 구부린다 주머니 안쪽 깊숙이 넣고 험난한 항해를 떠나는 두꺼운 책을 덮으며,

누구나 가녀림을 지닌 패랭이꽃을 건네줄 때가 있다 남자들은 주머니 안쪽, 보이지 않게 넣어둔다 꽃핀 패랭이꽃이 기억에 남는 것은 조용한 색깔과 급히 지나가는 속성이다 그 일을 적시게 하는 건 내가 다시 꽃으로 들어가야 할 배경이다

험난한 항해가 끝나면 패랭이꽃은 나머지다 아름다움에는 정적이 있듯 그렇게 붉고 그렇게 여린 꽃 한 송이로 흔들어놓는 삶은 어디에도 없다

한때 붉게 물든 패랭이꽃으로 만들어 주머니 안쪽 깊숙이 넣어 두던 남자를 오랫동안 잊어버렸다

포플러나무 책방

포플러나무들이 달리는 걸 놓치지 않으려
기차는 달려만 가고 온 생이 햇빛처럼 덤벼들어
다시 오는 들판들 어디에 나누어 두었나

책방처럼 나무들을 켜켜이 쌓아놓았다 이렇게 빨리
대여할 수 있는, 그 나무에게 물을 준 적도 없이

나무는 저를 뜻하는 입김이라는 게 마음에 들 때
올까 속삭이며 바스락거리는 그 들판의 소리를
지금도 내 마음과 같은 빛깔의 으뜸이었다고

서로 부딪쳐 사각거리는 나무들의 온화한 섞임
웃으며 뛰어다녔던 나만 아는 어린 여름이다

입으로 말하지 않아도 꼿꼿한 포플러나무가
귀띔하던 책방이 없어졌다 잠시 문을 닫은 것인가

나무에게도 내어줄 수 있는 온기가 많다는 걸
아무도 모르는 이야기들이 아직도 맺어지고 있는

창문을 활짝 열어 키 크고 당당하던 포플러나무를
들판으로 수런거릴 수 있게 내 보낼 때가 되었다

왼손을 위한 피아노 협주곡

왼손을 다치고 나서 손의 차이를 알듯
왼손이 했던 역할을 벗어날 수가 없다
오른쪽 때문에 왼쪽을 소홀히 했다지만
모든 일은 오른 손으로부터 시작했다

너를 맞이할 때 오른 손이 먼저
마음과도 근접하다 분란도 대신하며
오른 손을 어떻게 써 왔는지에 따라
지금의 내가 보이고 너를 볼 수도 있다

왼손은 한 박자 뒤에
오른 손을 잃고 왼손을 위한 협주곡은
왼손을 위한 것이 아니다 오른 손의 속죄다
왼손이 하던 일을 오른 손이 대신하면서
처음으로 오른 손에서 벗어나

오른손 같은 왼손, 왼손 같은 오른손을
마음대로 할 수 없는 몸이다
펜을 쥐고 오른 쪽에서부터 쓰기 시작해
네가 있는 왼쪽에서 끝낼지
왼쪽에서부터 쓰기 시작해
네가 없는 오른쪽에서 끝낼지 생각중이다

유체이탈

겨울코트를 벗어 걸면, 내 몸도 빠져나와
조금 전이라는 거 흔적 없이 그저 부풀려져

내 몸을 기억하며 언제 들어올지 몰라 심심하다
걸려있을 옷과 나는 멀리가지 못하게
근처만 맴도는 한척의 배로

몸을 집어넣으며 들어옴과 비었던 시간을
받아들이며 잠시 밖으로 나간 마음은
한 번도 방문한 적이 없는 곳으로 가려나

들어갈 집도 발을 집어넣을 신발이라는 도구도
모든 것이 그러하고 그러했던 구실이다
마음을 반쯤 벗어버리고 간 나의 분리는
네가 아주 간 뒤에는 비집고 들어갈 수 없다

너는 이미 다른 분리에 들어섰다는 뜻이다
몸에서 떨어져나갔으니 홀가분하다 그런데
어디를 헤매어도 내게 다시 건너와야 될

내 몸이 나를 잃고 떠도는 깊은 슬픔이라니
그의 등 뒤를 노을로 오래 바라보며 서 있던

때가, 거기까지다 빠져나가려 하는 가설은

밖이라는 걸 내것으로 삼으려 하는 의심
그러니 내 몸을 흔들지마 그 끈이 끊어지면
내 몸으로 돌아갈 시간을 놓친다는 것

식어가는 빈 코트 속이 둥지라 여겨지는
겨울이 왔다 제 몸속을 나와 무너진 것들이
나를 지켜보고 있다

무성해진 쇠뜨기

누가 쓴 詩의 한 구절, 들판에서 마구 자라는 풀
그에겐 맞는 말이다 너무 잘 자라 우거질 정도로

어떤 이름은 어제처럼 급히 지나가 오는 법 없다
정작 기억해야 할 이름은 막혀버릴 때가 와서

풀들이 같은 빛깔을 채우는 동안 나는 사람 틈에서
채워지지 못한, 느닷없이 무성해진 쇠뜨기로

많은 의미를 가진 것들 창문 밖에서 진을 치는데
덧붙일 것 아니라는 듯 내가 하려는 예는 이다지

쏜살같이 흐르는 것들이 무릎내리고 천천히
봐야 할 때가, 나이가 보내주는 전령쯤이라 하면

쇠뜨기가 무엇이 그리 중요 하겠는가 어떤 식물은,
어떤 사람은 비추기 위해 가던 길 틀기도 해서

내가 밟고 지나가는 무수한 잡초들도 덧붙인다면
이곳의 내가 중심이라 믿는 것과 무성해진 쇠뜨기가
저를 중심이라 믿는 것 중 누가 그른 건지 모르겠어,

2부

부채 혹은 손바닥선인장

부채보다 손바닥으로 엮이는 게 낫다

맨흙에서도 손바닥선인장은 잘 세워져
몇 번 얻어온 기억이 있듯 한 번도 세우지 못한
그런 날을 다시 한 번 세워보고 싶다면

얼어버린 선인장은 물컹한 제 몸을 끌어안고
폭망한 것을, 죽음이 저토록 구부러졌다니
그 이름처럼 손바닥, 그 위에 또 한 손바닥을
세상에 올린다는 상상을 하고 싶다면

흔한 것은 굴욕이다 흔한 것은 굴욕이다

문명이라는 게 손을 점점 쓰지 않게 되면서
역할들이 사라지고 그 틈에 손바닥선인장도
슬그머니 합세한 걸까
늦었다고 생각할 때가 가장 눈에 띄는 건가

예전에 누구에게 얻어왔던 손바닥선인장을
다시 심어볼까 얼어 죽이는 일 거의 없이
봄볕에는 다시 밖으로 보내 해를 거듭하며
그렇게 내 손바닥이 타인들과 접목하는 걸
천천히 기다려볼까

수레 혹은 수레국화

사람도 타고 짐도 나르지 바퀴가 쉬지 않고
굴러가면 어디든 가려는 사람도 있지
몇 년 동안 묵혀야 할 마음은 요란한 소리를
내고 수레는 흙바닥이 내는 흐느낌을 대신하지
대신하는 것들은 우직한 하인 몇 명은 갖고
있어 수레가 생긴 이래 빈 수레로 돌아오겠지

열쇠 꾸러미에서 하나씩 열쇠 구멍에 넣다보면
한번쯤은 열쇠가 철컥,
한 번의 열쇠소리 때문에 동굴의 어둠이 생기듯
생애 몇 번은 수레가 데려다 주는 곳이 있을지

가는 길에 수레국화 넘실대면 망설이지 말고,
내려, 모두는 풀어쓰면 가녀린 흐느낌이지
아무도 없는 곳에서 울 일을 챙긴다는 거,
침엽수 옆이면 더 아프겠지
멍든 위 옷을 걸친 그 줄기 한없이 갖다 대서
꽃조차 상심을 실어 나르기도 하지

수레는 당신의 발이 올라서기를 기다려 주겠지

노을의 입을 빌려

먼지가 많을수록 저녁노을 더 붉다
빛나는 별은 먼지와 부패덩어리
노을과 당신도 내겐 평생 미혹이다

나를 아름답다고 말하는 이가 있나
그러면 내 뒤를 캐거나 알아내려
애쓰지 마라 노을은 상처다

상처가 아름답게 보인다는 건
아주 오래 전 별에서 떠나온 당신이
내 입을 빌려 들어야 될 때가 된

느티나무 벤치

늙어도 늙었다고 말하지 않는 나무들 나이
가을은 삶의 뒤척거림도 들을 수 있다
없는 벤치, 없는 그도 불러낼 만큼 생각이
많아져서다 느티나무로 만든 벤치는 파릇하고

그림 앞에서는 누구도 오래 할애하지 않듯
느티나무 아래서 누구도 오래 서성이지 않는다
틈타서 느티나무에 있었다고 무언가 맞서는
일 아니다 쓸쓸함의 경계, 그것만도 아니다

살아있는 한 다음은 다음 몰이가 걷어가니
그저 나를 다음으로 말없이 넘겨주는 일이다
같은 그림을 보면서도 다른 의미를 찾아내는
사람들, 나를 보는 것이 이토록 번거로운 일인가

며칠 후 내 생각들을 감추기 좋게 낙엽들로
수북하다 느티나무에게도 뒤척거린 생각들이
수북하다 가을이 더 푹신해졌다 그러나,

오늘은 느티나무 벤치에 앉을 생각의 바깥이다

버찌감흥

버찌가 익을 때쯤 나무들 무리를 거느린   ,
그 그늘에서 쉬라는 배려다

검붉은 노을이 버찌씨를 잔뜩 뱉어놓아

수 십 마리 새들이 부지런히 입안으로 옮겼을
배설들도 벚나무 되고 언젠가 붉은 앵두 되어

희미한 가로등 아래 새똥을 치우며 ,
한낮을 불평하는 밤 ,

모든 것은 버찌나무 아래 홀연히 찾아왔기에
저물어버릴 벚꽃을 바라보는 다른 궁리이다

머물다 간 새와 잠깐 머문 나의 감흥은
내년 봄이 돼서야

두꺼운 옷을 잔뜩 껴입은, 그걸 하나씩 내보낼 때
비로소 그 나무 아래서 한껏 펼쳐질 것이다

입맞춤

너의 젖은 혀와 나의 젖은 혀로
말을 굴려 만들었으니, 달뜨다

그런 순간은 계속 써야 될 서정시다
필연보다 조금 아래에 속한 말 찾는다

달착지근한 공기 탓에 휩쓸려
한발 더 가보려는 입의 표시,
놀라워라,
밋밋하고 싱거운 침맛이란

서로 섞여 치대다 보면
좁은 초승달 안에서
아이스크림을 핥는 형상이다

녹아서 흘러내릴지 밤하늘이
걱정스레 두 손으로 가득 받치고
있으니, 됐다

염소의 투정조로

눈을 총알처럼 굴리는 염소와 봄까지의 내 몫, 종이도 먹는다하여 자주 종이를 건네지만 내가 어리니 대꾸 없다 집을 나가 한 번씩 소동 났지만 무사히 봄은 온다 마당에선 사그라지는 소리 들려, 염소가 죽은 것보다 야속한 건 종이에 쓴 내 글을 왜 거들떠보지 않나 코끝 털을 부스스 매달고, 인기척 들리면 먼저 비명을 내지르던, 내게 또 하나의 다른 존재를 끼워 넣는 일은 쏟아내는 염소 똥같이 의뭉스럽긴 하다

죽은 지팡이에서 목화가 피어난다 커피 꽃을 게워낸 염소도 있으니 몸과 마음이 서로 등한시하면 안 된다 〈염소와 새끼염소〉 그림 속에서 몇 백 년 동안 기다린 이도 있긴 하다 아이가 염소에게 종이를 건넨 것은 우리 중 한 사람, 머문 자리에 쌓여있던 종이들 다시 돌아올 것을 기다린 부메랑이다 몇 십 년 후, 어느 곳에서 머물다 온 것 뿐, 내 손이 너에게 살짝 닿았다 해도 그것이 언젠가 어떤 방식으로 부풀려 내게 다시 돌아오게 되어 있다 그래서 나는 새끼염소다

나무 가시밭

나무들은 있음으로
제 몸이 부풀다 터지면 5월이 오고
무성한 잎들이 그늘을 맞이하면
사방 모든 걸 볼 수 있는 도마뱀처럼
나무는 별 거리낌이 없다

격하게 흔들리는 건 언제나 바깥이다

아침, 벚나무가 길게 늘어선 길을 지나왔다
잎을 다 내린 나무들은 어두운 가지들을
속내처럼 들쳐 내 짐짓 그 길이 가시밭이다

가시들도 견디다 못해 글자의 생김새로
사람도 견디다 못해 중얼거림으로
그런 반복을 거치면 적막이다

누구는 생의 끝자락이 적막이라지만

나무가 온 삶을 비유적으로 말하지 못하고
그렇게 오랫동안 제 몸을 늘려대기만 한 것을

문득 눈이 녹듯
나의 온 삶은 훨씬 짧게

꽃들의 상냥함

처음 꽃을 안아 쥔 것이 몇 살 때인가
들꽃을 안던 그때쯤일 것이다 커서 무엇이 될지
여러 번 되풀이하여 멈춰, 꽃들이 경계하나
안개꽃에 내가 쓸려 감을 비유했던 적도 있다

조팝나무 꺾어 들자 꽃잎들 순식간에 날아가
한 송이 건넨 사람, 성이 안 차 미어터졌다

언 땅에서 구부러진 꽃, 꽃들에게 무슨 답이
있었을까 달빛까지 뒤섞어 버무려진
달빛 교교해 더 나가지 못한 내 발걸음
돌아올 5월, 아니면 한 번에 올 5월도 많다

사람이 꽃처럼 제 할 일 다 해 기우러진 날,
가진 것 두고 혼자 가야할 때 혹, 갚을 빚은

없나 품에 왔던 수많은 꽃들이 흘리던 향기는
또 얼마나 코를 찌르던지

내게 왔던 꽃들과 떠난 꽃들 모두가,
꽃만 그럴까 그런 이유들 더할 나위로
이 좋은 위로가 어디에 있을 수 있을까요

개구리 산책

새벽 두시의 산책이 있다면 무언가를 더듬대며
발걸음은 더욱 조심스러워야 할 것이다
새벽 두시의 산책은 기이하다 내 머릿속은 한낮

자꾸 걷다보면 시끄럽게 울던 개구리들 뚝 끊겨
정적이다 그들의 울음주머니에 감춘 정적은
그와 나 사이의 칸막이다

나의 짤막한 보폭을, 나의 속내를 누구에게 들켰나
걸어가는 동안 모든 개구리들은
나의 배회가 어서 지나가기를 기다릴 것 같은데

늘 대하던 냄새와 다른 공기 속을 마치 거미줄
잔뜩 친 야생을 걷듯 손을 연신 뻗어가며 한발
내 딛는다 내 자신과 내가 함께 하려는 싸움을

그 생각들 때문에 내 얼굴은 굽은 나무의 나이테
새벽 산책을 마치고 개구리의 정적이 끝나는 곳쯤
이 수풀에서 저 수풀로 펄쩍 뛰어오르는

긴 뒷다리의 힘, 그러기 위해서 잔뜩 움츠린
살아 움직이는 것들이 잠겨있는 지금
떨기나무의 그림자에 나를 잠깐 맡기는 것이다

3부

그렇게 어영부영

그들 거쳐 간 이력은 몇 줄로 명료하다
죽은 그 날에 멈춘 그의 나이와 행적들
이후부터 사소한 소식들은 서랍 속에
봄날도 더 맞이하지 못할 것이다
내가 어느 정도 나이가 들었을 때
죽은 이의 나이를 헤아리는 버릇,
그가 나보다 아래면 불러낼 수 없다
나보다 나이 많은 이들의 죽은 소식,
안심이다 마치 평균적인 수치라는 듯
그가 죽은 날에서 더 살날을 가늠하지
그날 만큼 무슨 일을 더할 수 있겠는가
대수롭지 않은 일 몇 가지에 곤두서며,
땅속에 잠긴 이 몇 번 찾아가 돌이킬

아이처럼 금가루 자욱한 들판으로
두 팔 벌려 한 번 더 가볼 수 있을까
몇 번 더 슬픔을 축낼 수 있을지
모든 이가 그의 죽은 나이 적당하다고
여기면 몇 번 기지개를 켜기도 할 것이다
그런 건 낮은 소리로 혼자 중얼거릴
나보다 앞서 죽은 이의 짧은 나이에 따라
내 수명은 그와 가까워질 것이다

나보다 앞서 죽은 이의 긴 나이에 따라서
그만큼 더 어영부영 살아낼 것이다

촛불의 불꽃도 그러나 꽃이다

촛불은 잠깐에도 1억 개의 다이아몬드 입자가
그대로 허공으로 사라진다는데
그 말은 사람은 짐승이며 꽃과도 같다
그런 표현을 1억 번 할 수 있다는 의미
사람은 무엇과도 같다는 비유는
좀 거친 표현도 그럭저럭 맞아 떨어진다

한 사람을 뜻하는 건 그것으로 적당하다

죽은 이를 위해 촛불을 켜는 것조차
기억이 1억으로 넘칠 때까지 펼쳐보려는 뜻에서
사흘 내내 꺼지지 않도록 애쓰는 것이다
다시 기억하는 날에도 어김없이 촛불 밝혀야 하듯

한 사람의 기억은 그 정도로 적당하다

촛불이 꺼지면 그을음은 꼬리를 길게 흐느끼며
가는 그곳, 허공이야말로 나와 죽은 이의 거처다

한 사람이 머물러야 한다면 그곳은 적당하다

월요일 편지

안하던 행동을 스스럼없이 하고 있다면, 어딘가 좀 변한 것 같으면 이미 사랑으로 진입했다

나쁜 곳으로 갈 것 같은 죽음을 알아채는 건 기존을 벗어나야 해서 그러면 다시 태어나 보는 것이 기존이다

내일이 돌아온다는 것을 잊듯이 맞이하는 월요일, 월요일을 대신해서 편지를 미리 못썼기에 죽음에 가 닿았을 것이다

일요일을 월요일로 여긴, 미처 도착하지 못해 누구는 유언으로 월요일을 대신해서 만나지 못한 것뿐이다

가장 아름답게 꾸미고 날짜, 시간에 맞춰 나가서 맞이할 사람처럼 그렇게 만나야 할 죽음은 어디에도 없다

죽음이 무엇인가

산수유 피면 산수유, 그 유수를
봄날이 가면 봄날의 발자취 뿐
뻐꾸기 알을 다른 집에 흩뿌리면 그렇겠지
나무가 뿌리 뽑혀 있으면 뽑혀 있기 전은
덤, 몇 년 만에 가 본 바다는 지금도
저물어버릴 기세

당신이 우는 것 건망증은 어제의 피습
오류는 살짝 어긋남, 사는 건 어제를
불러들이는 것 듣고 있다
밥 먹다 수저 놓듯 잠에서 눈뜨고
내일이 당신을 억누르고 있듯이
생각하다 앞으로 다가오는 것들 힐끗
고통은 풀의 빗장으로

옷을 갈아입고 문을 열고 문을 닫고
달은 준비된, 죽는 건 다른 물건들처럼
그저 맡겨놓은, 그래서 어려움을 겪지

운치 있게

너는 부서지지 않을 만큼 단단하게,

내가 오길 기다린다는 사실을 전혀 몰랐을 뿐이다

그들이 데리러 오기 전, 내 발로 성큼성큼 걸어

모르포 나비의 양쪽 날개를 겨드랑이에 붙이고

두려움 많다는 죽음, 그곳에 날아갈 수는 없을까

부고장을 받던 시절이 있었다

어린 내게 정구지 사오라고, 개가 있는 집은 무서웠어,
이번엔 정구지란 어려운 이름이 떠오르질 않는다
시든 걸 사왔다고 불같이 화를, 고추나 오이는 명징하다
이름이 여러 개인 정구지라는 말, 지금도 불편해

길가 집 울타리에 편지가 꽂혀 있다 나에겐 소중한 편지,
반가운 소식을 집에 전해준다 불같이 화를, 부고장이라고
교실에선 답이 틀린 수대로 손바닥을 맞고, 흐느낌들
그런 일에 도대체 나는 울어 본 적이 없다

술을 마시고 늦게 들어왔다 불같이 화를, 내가 빠질 불속,
그러나 흥, 그런 사소한 일에 눈 깜짝할 줄 알아
세상의 불같은 화가 다행히 내 몸에는 옮겨 붙지 않는다,
그러니까 내 몸은 불붙은 당신을 쉽게 끌 수는 있다

내가 잘한 일은 불같이 화를 내는 당신의 그 자체만
묵묵히 바라보고 대꾸 없이 다 들어준 일이다

대신 얻은 것은 봄꽃이 흐드러지게 오는, 장마가 세차게
내리는 밖이란 걸, 눈이 쌓인 나무 위 새를 온 종일,
당신이라는 사물을 온 종일 멈추지 않고 바라본 일이다

>
그것이 세상이 내게 준 가장 큰 특혜였으니

목적을 이만큼 실현하였으니, 그렇게 불편한 삶은 아니다
그러니 그 멀리 부추 혹은 정구지를 사러
꽃고무신을 신고 꽃잎처럼 발걸음도 가볍게 갔을테지

인사도 없이

"제는 인사 잘 안 하잖아" 오래전 오탁번 선생님이, 시집을 보내 꽉 찬 문자를 받는다 전화를 걸까 다음도 있으니까 마음이 거는 인사를 받아 주는 사람이 없다는 걸 알면서 매번 기꺼이

간절한 마음속과 제법 부드럽게 들리는 인사, 어느 것이 더 위일까를 다시 저울질

봄밤이 가도 그렇게 빠르다는 걸 모른다 누군가 살아있는 제 속으로 들어가지 못했다는 소리, 그제서 봄밤 재빠르다 그럴 때 마음이 급히 신발 속으로 발을 꿰어 차,

덧붙여야 할 것이 많다고 세상은 자꾸 설명중이다

아무리 봄밤이 짧아도 보내면 안 되듯, 높낮이 없는 말과 사물을 보려 닫고 여는 갈대의 눈썹, 더 나은 그리움을 내보낼 때까지다 이번엔 내가 과할정도의 칭찬을 보내는 것이지 뭐, 인사도 없이 보내는 법은 어디에도 없다하니

다른 쓰임새

죽어, 그 사람을 가져갈 수 있나
어수선하게 펼쳐놓은 책들 위로
그러나 무엇 하나 남겨 놓지 말고
다 비워둬라

새의 지저귐 없다면 잘못된 일이다
나의 지저귐 없다면 온전함 아니다

나의 쓰임새는 눈뜨면서부터
누군가를 향해 지저귀는 것이다

죽음을 생각하는 아침

밖으로 한발 내딛는데 참새 한 마리
쓰러져서, 몇 걸음 가다 다시 확인을,
꽁꽁 언 가냘픈 두 다리가 하늘을 향해
누구든 죽어서도 하늘의 통제권 안이다
내가 어쩌지 못할 통제권에서 살듯

참새의 아침까지 생각한 적이 없다
흔한 새라 삶도 마땅치 않은가
몇 발자국 안에는 새의 죽음 말고
또 모르는 벌레들의 덧붙임을

짐작은 늘 정확하지 않다 대신 혼자서
시베리아까지 거듭 날아갈 수도 있다
돌아 올 때는 길을 잃는 것이 대부분
그렇게 새의 날아감을 건네주는 아침에

떠나고 나는 일을 결이라 부르기도 해서
설혹 그에 대한 내 짐작이 틀릴 수도 있다
정성스럽게 새의 살과 뼈를 다시 붙였으니
이 나무와 저 나무를 향해 날아갈
새가 되어있는 아침이다 그거면 될는지

반 토막

모든 삶을 생각하니 그 끝에 죽음이 버텨
그 끝의 죽음을 생각하니 모든 삶이 버텨

메아리다 이쪽에서 부르면 저쪽에 꽂혀
죽음을 캐내려면 삶을 이리저리 들춰내야
삶을 캐내려면 죽음을 이리저리 들춰내야

죽음과 삶을 각자 떼어놓으니 반 토막이다
내가 내린 상상력이 반 토막이라 생각하니
삶의 그 모든 것이 갑자기 시들시들하다

죽음과 삶을 같은 줄기로 가지런히 세우니
모든 게 잘 갖추어진 줄기다 부족함이 없다

4부

끝없이 이어지는 그런 관계

어떤 것도 수중에 가둘 수 없다
그걸 알아차린 나이가 돼서 서러운 게 아니라
드디어, 이런 상태에 넘겨진 것이 더 서럽다

오직 꽃들만 유일하게 끝없이 얽혀져
저 꽃들은 싹을 틔워, 꽃의 명분으로 삼는
저토록 무른 아름다움, 저토록 가미된 냄새로

꽃의 어떤 성분이 그걸 영원히 반복하는지
그걸 해독하면 나도 다시, 수십 번 수천 번
당신에게 돌아올 수 있을런지

쥐의 폭주

통로는 통하여 다닐 수 있도록 만들어진
길이다 통하다는 가까운 사람으로부터
정을 통하다가 사람들을 이렇게 많게

쥐는 더 맹렬하게 셀 수 없다

어린 날엔 쥐와 부딪쳤을 때 몇 초간 서로 정지
몇 초가 지나서야 서로의 통로로 허겁지겁

통로로 들어갔던 쥐도 나도 그 집을 떠나왔다

그때 천장 아래서 쥐들의 폭주를 듣는 것밖에
사람이 죽는 걸 여러 번 들은 후에
발을 떼는 걸음마다 매달린 울음을 감추기도

한 번도 퓨마의 허기를 내 배로 대신 못하고
사람이 죽음과 마주할 때를 놓쳐버리는 버릇

죽음에 이른 아버지가 일에 전념하도록
나를 내어 준, 멀리가라 그 말도 통로였는데
그것이 나를 한없이 돋우었다

>
그러나 통로의 바닥쯤에 와있는 듯 지금은

숲에 자리한 우물을 찾았는지 넌지시 묻는다

까치와 까마귀

마을 어귀 까치와 산 까마귀들 온몸 털을 곤두세우며 쫓
고 쫓기는, 나가질 못해요 어떻게 끝이 나고 다쳐 나갔는지
설명을 못해요 그 후에 잠잠해지는 것

혼자 산에 오르면 까마귀 나무 위에서 내려다보며 크악,
산 속의 까마귀 몸짓이 커 울음소리도 커요 한 수 위의 몸짓
으로 내려다보니 나는 한 수 내려, 마을에서 만났다면 결코
한 수 아래 아닌데 비겁해요 나무가 우람하면 한 수 아래서
우러러봐요 호랑이를 만나면 소스라치게 한 수 밀려

까치와 까마귀의 혼란이 여전해

몸 밖이든 몸 안이든 자신과의 싸움을 하소연조차 할 수
있나 겉만 잠잠해요 그래도 나는 상처받은 당신의 편, 그게
나를 가장 쉽게 이해할 수 있는, 그건 내가 나를 토닥거리는
방법입니다

정원에서 문장을 찾다

정원을 손질하는 방법, 장미는 감미로운 심장 쪽에, 거들 떠보지 않는 홀대나무, 너 떠난 후회나무의 늘어진 가지들 반쯤 꽃이 진, 뭉치기 전의 작은 물방울인 안개, 비가 되려 는 질량 그가 찾아오기 전의 고요 무재아귀의 모든 글자들 나를 옮겨줘, 글자로 그를 수월하게 정리할 수 있다는 건 그 나마 특별한 은의,

아무리 뒤섞여 놓아도 정원의 명칭이 내 것이라 여겼다 그런 힘에 의해서 나무들은 제 그림자에 나서지도 맞서지도 못해, 나무를 살생하는, 아픔을 거치고 난 뒤에 다른 말로 옮긴 실수나무, 그 나무 중 한 그루 아래에 가끔 앉아 있던

그 그늘의, 그럴 때 대비해 갖추어져야 할 예외도 있다 당 신이 오기 전 쓰는 일에 힘쓰지 않았다 문장과 나의 몸가짐 이 같을 때 당신 온다는 것도 알아차렸다 갚아야 할 빚이 늘 어나는 것, 문장이다

문장구하기

문장에 능한 사람을 뽑는 시험이 있었다니, 바람 앞에 선 우리의 왕, 공민왕 때는 더욱 공정하려 응시자의 필체를 알아볼 수 없도록 곧바로 다른 사람이 답안지를 대신 베껴 쓴 뒤 채점하는 방식까지 두었다니

이순신장군도 한번 낙방, 권률장군은 46세에 합격했다 이재난고顧齋亂藁를 지은 이는 문장이 우수함에도 46세에 포기할 수밖에 없었다 과거를 마치고 일행들과 냉면을 시켜먹었다는 글귀를 지금 나는 수식 없이 더듬더듬 읽어내고 있다

문장만 잘 짓는다고 공정한 세상을 맞이했을까

지금은 제대로 평가하는가 몇몇 상은 공정하려 애쓰는 것 알아채지 그러나 詩로 전 생애를 바친 詩人 이름을 빌려와 제 욕심을 꾹꾹 누르는 이를 나는 경계해 나와 마주했다면 잘 봐, 내 얼굴에는 공정하려 애썼던 왕의 한줌 향기 같은 흔적이 아직도 남아있거든

죽은 척하기

곰을 만나면 죽은 척, 그러나 곰과 맞닥트린 적이

없다 동물원의 곰 발걸음은 멈춰있는 마침표로

그에게 나도 여전히 멈춰있는 마침표일 것이다

죽은 척하는 사람, 주머니 속에는 숨겨둔 손이 있다

메뚜기의 함정

벼 줄기에 붙어 나 이외 것은 관여하지 않겠다는 표정. 아이가 메뚜기 잡는 방법은 숨을 메뚜기와 맞추면 가능하다 어른의 숨에는 걷어낼 수 없는 불순물이 많다 하다못해 메뚜기도 함정, 결코 남의 길로 들어서지 않으려함이다 오후처럼 지금은 햇빛의 각도가 벼 줄기 위다

메뚜기의 다음 행선지가 더 나은 벼 줄기 아니면 사라짐이다 삶도 환치시켜줄 대상이 필요하다 느닷없이 옛집을 찾고 떠난 이와 오래전 앉아 있던 장소를 늙은 코끼리처럼 어슬렁거리는 거, 함정에서 건져내려는 짓이다 지금 잘하고 있다 그 한 마디가 되려

그 한 마디는 매순간 선명하게 보려는 발자취다 자신을 들여다보는 건 쉽지 않다 아이와 불순물 가득한 어른 사이에서 메뚜기를 매개체로 삼는다면 설명하기는 쉽다 지금 잘 사는 건가 못 사는 건가 그걸 놓치지 않는다

나쁜 기억의 포장법

머릿속에서 나쁜 기억은 얼마동안 보존되나
좋아하던 명칭을 부른다 그래도 그대로다

나쁜 기억이 마르기를 기다려 줄 때 있긴 하다
그러나 강도가 높으면 햇볕도 쓸모가 없다

나의 쓰임새가 없다면 당신도 없애야 될,

순식간에 얼굴모양 바꾸는 변검술의 원리로
나쁜 기억을 금세 다른, 찌르레기 얼굴로

나쁜 기억은 좋은 기억을 당해낼 수가 없다
좋은 기억의 사람을 나는 이겨낼 수가 없다

머리위로 떨어지는 벚꽃들의 가벼운 찬사
당신의 어조를 생각하며 오래 묵혀둔 안부를

묻는다 당신의 어깨에 내 어깨로 답하며
나는 없는 대답도 알아듣는 능력이 뛰어나다

새의 머리 위를 맴도는 매를 피하는 방법이기도
하다 이제 나의 쓰임새가 생겼으니 당신은 있어라

잡아먹혀, 슬픔

지금의 내 마음은 밖으로 나갔다가 들어오질 못해
그걸 두 손으로 잘 받아들고 그에게 갔으면

구질구질하게 글로 쓰지 않아도 찾아가 전해주면 될
그리 간단한 걸, 신발을 급히 신고 가면 될

그러기엔 너무 멀다 오늘 중으로 돌아오지 못할지도

새에게 보내면 간단하다 기러기는 봄에 시베리아로
가야하니 지금은 여유로운 편이다 그러나 대신 보내도
기러기의 말을 못 알아들으니 그의 답을 어찌

할 수 없이 등에 땀을 흘리며 직접 말을 건네니
"여기는 지금 눈이 내려요 그러나 첫눈은 아니랍니다"

이런 말 쏟아내는 사람의 말뜻을 알아듣는 사람이
말 그대로 과연 몇 명이나 될까

긴 수식

뭐, 뭐, 하고 싶다는 말 중에서 가장은
죽고 싶다는 말
전에도 했던 그 말, 죽고 싶다는 말은
이 삶이 아닌 다른 삶을 손짓하는 소리
그곳이 지금의 마음이 가진 도착지다

살아서는 살아있는 몸에 죽은 듯 갇혀있고
죽어서는 죽은 몸에 살은 듯 갇혀있을
그의 마음 어떠했는지 내가 가 본 적 없다
내 마음이 어떠했는지 그가 와 본 적 없어

그의 마음과 이곳으로 돌아오지는 못해
아무소리 없이 물을 펄펄 끓여 찻잔 가득
비슷한 것으로 대체할 수밖에, 발등에 붓는

그토록 멀리 가있던 마음이란 게 쏜살같이
왔다 내 것이랄 수 없는 그 마음도 묶어둬야
한동안 어디 갈 생각을 못하니 잠잠하다
마음은 몸에게, 몸도 마음이 낮아질 때까지

5부

마음이 조금 애달파도

정작 마음은 어떻게 대해야 하는지
어떻게 보관해야 하는지를 모르겠다

몸이 자라면서 마음은 자라지 않는 걸
하루가 겨우 잠들면 마음도 잠이 들고

몸은 다 볼 수 있다 그 몸의 그림자의 짓인
가련한 마음, 상심 감춘 너를 뒤늦게 보며

평생 보이지도 않는 마음과 씨름중이다
샅바를 잘 잡아야 넘어지지 않듯

마음이 쓰러지며 간절히 앓아눕기를
내가 나를 쓰다듬어주어야 될 때 와서
기대라 마음이 그러는 건 부끄러운 게
아니다 나는 아직 너다

부러워하며 그렇게

강변의 바람이 자꾸 발에 걸리는 산책길이다
벚나무는 꽃을 채웠고 잎이 쓸려갔고
잎들을 밟고 지나간 이후의 겨울도 그랬을 것이다

몇 해 전부터 노인은 걷기 연습 중이다
벚나무가 다 내려와도 별 진전 없는 걸음은 힘겨워
뒤따르던 나도 그를 앞지를 때가 오긴 해서

씩씩한 내 걸음을 그는 내내 보았을 것이다
내 앞을 질러가는 사람들을 나도 바라보기는 해서
그 마음을 잘 알아듣는다

붉게 변한 잎들을 바스락바스락 밟기는 했다
누군가에게는 선망의 벚꽃이고 앞질러가는
씩씩한 발걸음도 되었기에
보잘 것 없는 내 발걸음 멈추지 않는다

벚꽃과 낙엽의 시간이 근소한 간격이라면
그 간격만 잘 견디어도 따스하게 피워줄 때가 있다
내 발걸음에 대한 보답이 수런거림으로 와서

그 발걸음이 만개한 벚꽃 아래로 데려다줄 것 같다
그러나 그것조차 시들어가는 논쟁이다

또 한발 늦었다

그가 살아있을 때는 다음날도 오늘이려니 했다
돌아오지 못하는 걸 알았을 때는 한 발 늦었고

부지런히 왔다고, 이만하면 모자람 없다 여겼는데
한발 뒤에서는 늘 못 받아들였다는 슬픔의 목표

허둥지둥 늦은 교실 문을 드르륵, 들어설 때 맞이한
순간의 보관 상태, 나도 그들도 몇 분이 지나서야
유유히 한데 흐르듯 합쳐져

죽음도 그럴 것이다 모두 설명을 듣고 수긍할 때
허겁지겁 들어서서 죽음에 대한 설명은 이미 놓쳤고
정지 상태로 몇 분을, 누구나 한발이 늦을 것이다

누군가의 시를 읽다

시인이 죽은 후, 그의 펜이 달빛으로 흘러들어
여우 꼬리 같이 흘리는 웃음이 어딘가로 끌어당겨

하여간 그것은 비극이랄 수도 있다
이 비극을 웃어가며 풀어낼 수 있는 것도 시인이다

날 저물어가는 봄날의 술자리에서 우리들 대부분은
그렇게 애도하므로
그가 발표한 지면보다 그의 시집보다
훨씬 잘 먹혀들어가고는 있다 벚꽃은 흩날리니

그의 기억법

내 말의 뜻을 그가 못 챙기고
그의 말뜻을 내가 못 챙기는데
꽃으로 불리는 것만 붙잡기 쉬워

꽃은 왔다 꽃으로 다 하며 끝내는가
나는 나로 와서 나로 다하며 끝내는가
꽃의 겉모습처럼
그의 행색을 알아봐야 할 때 온다

그의 호칭은 가져갈 수 없는 뜬구름
그가 어쩌다 내게 한번 웃음을 흘렸는데
어이없이 체온이 올라갔다

그게 내가 하는 꽃의 기억법인데
아무도 못 알아챌 것 같다 여기서는

극, 극, 극치로

나무 아래 앉아 움직임 없으니
나를 벤치로 여기는 새도 있다
꽃을 살피더니 다른 곳으로 날아가
그들 없으니 마음이 다가와

여기에서 나가면 여기라는 것마저 없어질

그와 별 진전이 없는 사이건만
우리는 한군데 풀밭에 누워있는 기분,
하늘이 면綿 이불 같은 건
이것 없애고 저것 없앤 후다

중요하다 여길 때 이것과 저것을 없애면
공기 속으로 들어가지

고개 숙이며 봐야하는 저 꽃도 사투를
벌이고는 있다

도달할 가장 위는 조금 빈, 그런 곳
대추나무 꽃처럼 딱히 표현할 수 없는
사방으로 흘려줄 그런 냄새들이다

이것 없애고 저것 없앤 후의 비방秘方이다

우리를 갈라놓을지라도

결혼 서약의 그 말이 한때 밀처럼 번식하여

맛있는 빵이 될 줄 알았는데 곰팡이가 잔뜩

나를 닮은 사람도 있다

엄마의 숙주宿主는 누구인가 어린 날, 웃으면 보조개가 패이던 외할머니 다정했지만 석연치 않았다 오랜 병색의 할아버지 눈물을 흘리니 나, 사랑하지 하던 외할머니, 어린 눈은 못 본 척, 산다는 것은 속내를 알 수 없는 일

기어이 찾아낸 여자 셋이 찍힌 빛바랜 사진, 보조개에 남편을 빼앗긴 42살에 생을 마감한 투박하고 강인해 보이는 여자를 금방 받아들이질 못했다 싸한 자태, 쉽게 고개 숙일 것 같지 않은 당당함, 거기에서 왜 나를 보나

나무 아래 서 있지도 않은데 나는 삐걱대는 나뭇잎이다 곧잘 슬픔에 잠기는 몸뚱이 납득하지 못하는 저돌적인, 내가 숨으려하는 비문 사이에서 나를 알아내기까지 오래 걸려

다정하게 말하지 않는다 나를 사랑하는가 따위는 묻지 않는다 당신이 등을 돌려도 나는 아무렇지 않다 그만큼 진화되었다

그러니까 나는 아직도 전처다

책무라는 돌

죽기 전까지 짓누르는 것이 있다면
당연히 맡아서 해야 할 일이 긴 시간이다

이 연결고리에서 가끔 벗어나는 사람도 있다
조금 돌아서 올 생각인데 돌아오지 못하는 이의
책무는 오래전부터 본보기이다

여름날 오이지를 담그려면 오이 위에 돌을
얹어놓는다 오이가 군말 없이 제 할 일을
다 하는 동안 사람들도 군말 없이 누르기는 한다
왜 그래야 되는지 물어볼 사람조차 없는데

수시로 뒤집을 수 없는 것이 이곳의 삶이라는 걸
수백 번 실패를 거듭하여 비행기가 이륙하고
전기 불 아래 책을 밝혀, 내가 먹는 이 빵 한쪽도
누군가 당연히 해야 할 책무가 가져다 준 것이다

그런 책무에서 멀어진 사람들의 실수를 쉽게
접할 수 있게 하는 의도
꼿꼿한 등도 굽어 가는데 책무도 줄어들긴 했다
그럼 이제 다 된 건가 쉬어도 된다는 말인가

아니, 가장 무거운 돌, 죽음의 책무가 남아있다

어김없이 떠오른 달

나무들은 어떤 움직임도 드러내지 않음
겨울도 아닌 봄도 아닌 그런 날 중의 하루
마음은 겨울도 아닌 봄도 아닌 그래,

주름은 있지만 마음에게 주름이 없다는 게
괴이해 마음이 늙는 것에 미동도 하지 않는
그건 위안인가 꼼수인가
비바람이 몰아쳐도 잠시 맑은 하늘 찔끔,
잠시 맑음은 살만하다는 것으로 여겨져

오월의 찔레꽃처럼 단번에 사로잡지 않으면서
은밀하게 볼을 스쳐가는 바람쯤 되겠다
낡은 계단을 오르며 익숙한 공간에 들어설 때
훅, 끼얹는 냄새를 아직은 맡고

그런 하루는 원하지 않아도 구르듯 다가와
내가 사라진 후에도 어김없이 반복될 하루들
태어난 것도 하루의 빌미가 있었을 테지

그걸 족쇄라고, 몹시 그러하다 생각한 적 많아
그렇게 내게 불리한 걸 조금씩 찾아내는 것이
나이를 먹어가는 본분이든가

\>

어김없이 피는 꽃들이, 어김없이 떠오른 달이
지는 모습은 애처로워 그걸 바라보는 내가 있듯
하루가 가기 전에 내가 바라봐야 할 목록들
다함없으니 이보다 더 중요한 일은 이제 없겠다

죽음에 관한 시론 詩論

— 안정옥 시집, 『나의 온 삶은 훨씬 짧게』의 시세계

신상조 문학평론가

죽음에 관한 시론詩論

— 안정옥 시집, 『나의 온 삶은 훨씬 짧게』의 시세계

신상조 문학평론가

1.

보르헤스가 우주를 도서관으로 상상한 것은 너무도 유명하다. 그의 단편 「바벨의 도서관」은 이렇게 시작한다. "다른 사람들이 '도서관'이라 부르는 우주는 육각형 진열실들로 이루어진 부정수, 아니, 아마도 무한수로 구성되어 있다." 이 보르헤스의 도서관을 두고 소설가 김영하는 이런 해석을 덧붙인다. "누구나 알다시피 도서관은 책을 모아놓은 곳입니다. 누구라도 그곳에 들어가면 어떤 신성함을 느끼게 됩니다. 많은 저자가 이미 이 세상 사람이 아니기 때문에 책등은 묘비처럼 느껴집니다. 그곳은 죽은 이와 산 자가 가장 평화롭게 공존하는 공간이고 엄밀한 의미에서 저자가 죽어 있는지 살아 있는지 신경 쓰는 사람은 아무도 없습니다."

우주가 도서관이라면, 그래서 그곳에 진열된 책들이 서

로를 끌어당기고 밀어내면서 영향을 주고받도록 만들어졌고, 그 책들의 저자가 당연하게도 (이미) 죽은 자와 (아직은) 살아있는 자들이라면, 도서관은 죽은 자들이 남기고 간 책들의 퇴적층 위에 새로운 저자들의 책들이 쌓여가는 고고학적 공간이거나, "간밤에 내린 헌 눈 위로 수시로 눈을 보태"는 "헌 의자"(「헌 의자 위에 헌 눈이」)라 해도 과언이 아니다. 예컨대 안정옥 시인은 이 시에서 이렇게 노래한다. "사람도 지나간 일 위로 자꾸만 새로운 일 보태주는 것이 삶이듯 그렇게 소리 없이 지나가기만 하는 일들은 애달프다 눈은 내렸고 버겁다 풀어 쓸 수조차 없는 희미한 죽음이 당도해도 해줄 수 있는 일은 소리 없이 왔다가는 눈처럼 소리 없이 왔다간 사람처럼 그저 모호하게 바라보는 일뿐이어서 더 애달프다 나도 지나간다". 시인이 헌 의자 위에 헌 눈이 쌓이는 광경을 바라보며 삶을 생각하는 일과, 보르헤스가 우주를 무한히 확장되는 도서관에 비유하는 일에는 '삶 너머의 죽음'을 상상한다는 공통점이 존재한다.

안정옥 시인의 『나의 온 삶은 훨씬 짧게』는 작은 우주에 해당하는 우리의 삶이 수많은 상실과 부재의 퇴적층이고, 누군가 지나간 자리를 내가 현재 대신하거나 나 또한 지나가고 있음을 감지한, 그 죽음과의 접촉을 통한 감수성의 파동을 기록한 기록물이다. 시인은 "기존 슬픔에 구멍을 내는 작업"을 통해 우리의 눈앞에 가릴 수도 메울 수도 없는 커다란 공백, 혹은 말라르메의 말을 빌린다면 '자신의 죽음'이라는 절망적 심연을 출현시킨다.

2.

　누구라도 때때로 삶과 죽음을 생각한다. 인간만이 삶과 죽음을 생각하기에, 그러므로 삶과 죽음을 생각한다는 것은 가장 인간다운 모습이다. 시인의 생각은 다르다. 그는 "이곳의 내가 주체라 믿는 것과 무성해진 쇠뜨기가 저를 주체라 믿는 것 중 누가 그른지 모르겠다"(「무성해진 쇠뜨기」)라며 즉자적 존재와 대자적 존재의 경계를 흐려놓는다. 그래도 우리는 '닭의장풀'이 의식의 대상에서 자기의식의 대상으로 전환하리라 믿지는 않는다. 시인이 "닭의장풀이나 나나"라며, 둘 다 유한한 존재이면서도 당신의 영역에" 들어가려 "안달"한다는 공통점을 강조하더라도 말이다.

　　아침에 핀 닭의장풀 꽃을 송두리째 잘라
　　물 컵에 넣어주면, 야생은 참으로 거칠다
　　집안에서 꽃도 펴, 수염 같은 뿌리들
　　견디는 힘 또한 무지스럽다
　　들어올 여분도 없는데 벌레들은 어디서 오나
　　공기 껍질 같은 꽃잎을 바삭이며
　　빤히 쳐다본다는 착시에 빨려들 것 같다

　　그래도 꽃잎 속으로 한발 더 들어서면
　　피보나치의 논리를 따분하게 들어줘야 되듯
　　남의 영역으로 들어간다는 건 흘린다는 말,
　　당신에게 흘린다는 건
　　나의 많은 부분들 가지 쳐야 하듯

닭의장풀의 침묵과 당신에 관한 침묵들
단단한 세상인데 무얼 더 밝힐 수 있겠어

나의 생, 어느 중간쯤 닭의장풀 꽃 보며
에둘러서 말하고 싶다는 것이다
닭의장풀이나 나나 뿌리내린 시간들이
지극히 짧은, 그럼에도 당신의 영역에
들어가질 못해 안달이다
몹시 말하고 싶은데 이렇게 에둘러대는,

삶은 한 뼘씩 죽어가는 것들과
잠깐씩 이별하는 것이라 말해줘
　　　　—「닭의장풀」 전문

　달개비 혹은 닭의 밑씻개로 불리는 닭의장풀은 짙은 하늘색 꽃이 보일 듯 말 듯 피기에 그저 잡초 중의 잡초로만 여겨지는 식물이다. 아침에 핀 닭의장풀 꽃을 물컵에 넣어주니 수염 같은 뿌리를 뻗는다는 화자의 말처럼, 닭의장풀은 줄기를 물에 꽂으면 금세 뿌리를 내린다. 두보杜甫가 닭의장풀을 일컬어 '꽃이 피는 대나무'라 불렀다는데, 아마도 "견디는 힘 또한 무지스러"운 야생의 거칠고 억척스러움이 번식에 강한 대나무의 생명력을 빼닮아서일 터이다. 화자는 여기에 더해 벌레들까지 "들어올 여분"이 없음에도 몰려드는 광경을 보며 목숨 가진 것들의 그악스러운 '힘'을 경이롭다는 듯 관찰한다. 이 모두는 남의 영역에 뿌리를 내리려는, 혹은 들어가려는 안간힘이다.

    화자 역시 "빨려들 것 같"은 "착시"를 경험하며 꽃잎 속
으로 한 발 들어선다. 앞서 말한 바대로 들어선다는 건 "남
의 영역으로 들어"가려는 "안달"이기도 해서, 화자는 "당신
의 영역"에 들어가려면 대상이 건네는 "피보나치의 논리를
따분하게 들어"줘야만 한다고 말한다. 주지하다시피 피보
나치수열은 예측과 분석과 판단에 활용되는 견고한 패턴이
다. 이를테면 인류 역사는 수천 년이 지나도록 근본적으로
변함없는 패턴을 유지하고 있음을 보여준다. 누대에 걸친
삶이 이처럼 일정한 패턴에 불과하다면, 개인 삶의 고유성
은 그 가치를 잃어버릴 위험에 처한다.

    화자는 이 '따분한' 논리에 반박하기보다 "많은 부분들"
을 가지치기한 말을 '당신'에게 흘리거나 차라리 침묵을 선
택한다. "무얼 더 밝힐 수" 없을 만큼 세상은 너무나 "단단"
하고, 닭의장풀이나 '나'의 삶은 "지극히 짧"기 때문이다.
하여 그는 "생, 어느 중간쯤 닭의장풀 꽃 보며" 깨달은 삶의
전모를 "에둘러" 다음과 같이 추려낸다. 삶이란 '죽어가는
것들과 잠깐씩 이별하는 것', 혹은 '한 뼘씩 죽어가는 것들'
과 '잠깐씩 이별하는 것'으로 이루어져 있다고. 그런데 우리
가 그의 "말을 놓치지 않으려 두 귀를 세워도" 그건 우리의
"능력 밖"이다. 우리는 늘 '당신'의 말을 "다르게 번역"(「번
역 아니면 고니」)하거나, "아무도 모르는 이야기들이 아직
도 맺어지고 있는"(「포플러나무 책방」) 중이라서다. 「시카
고, 시카고」를 읽어보자.

    고달프면 그는 시카고, 시카고, 검은 눈은 미시간 호에
악어로 떠있어 누구나 한번쯤 가봐야겠다 상상하는, 아무

갈등 없는 그런 도시 갖는다 그와의 삶은 어디에도 없는데
이렇게 오랫동안 시카고, 시카고를 호응 해주지 못한

　그가 사라진 후에야

　지금쯤 그는 시카고 어디쯤 수로에 가두어놓았나 나무
위에서 한 마리 새로 앉아 자신의 고달픔을 가라앉히나 새
의 말을 듣지 못 하듯 모든 새의 말을 다 알아듣는다면 한
동안 정신을 잃을

　나는 코르크나무가 숲을 이루는 어디쯤 오크나무 위에
앉은 한 마리 새가 될 수 있을까 새의 말은 그렇게 지적이
다 그러니 못 알아듣는다 화는 내지마 이제서야 들리는 시
카고, 시카고,
　　―「시카고, 시카고」 전문

　오래전부터 그는 '나'에게 시카고를 가고 싶다고 노래해
왔던 모양이다. 미국 일리노이주 북동부에 자리 잡은 이 도
시는 짐작건대 그에게 고달픈 삶의 현재를 위무하는 곳이
다. 미시간 호수에는 검은 눈의 악어가 떠 있고, (그럴 리는
없겠지만) "아무 갈등 없는 그런 도시"가 바로 시카고라고
그는 상상한다. '한 번쯤' 시카고를 가고 싶다던 그의 염원
은 "오랫동안" 호응을 얻지 못하다가 "그가 사라진 후에야"
비로소 화자의 의식에 명징하게 떠오른다. 바로 곁에 머물
던 이의 음성에 귀 기울이지 못했다는 '나'의 자책은 그가
지금쯤 시카고 어디쯤의 "나무 위에서 한 마리 새로 앉아 자

신의 고달픔을 가라앉"히는 중이고, 새가 된 그가 "모든 새의 말을 다 알아듣는다면 한동안 정신을 잃어야 할"지도 모른다는, 실상은 화자의 바람인 상상으로 이어진다. 새가 된 그와 달리 '나'는 아직 "코르크나무가 숲을 이루는 어디쯤 오크나무 위에 앉"아 노래하는 존재가 되지 못했다. 코르크나무에 앉은 새 혹은 나무 위에서 노래하는 새소리는 우리가 한 번도 선택하지 못한 삶이거나 우리에게 불가능한 존재 방식이다. 지척에서 노래하는 새의 말을 '나'가 여전히 알아듣지 못하는 데서 이는 입증된다.

그렇더라도 "그가 사라진 이후에"라는 문장에 죽음이 개입하는 순간, 명멸하는 무심한 시간 속에서 카메라 플래시가 터지듯 짧고 강렬하게 확인되는 그의 마음이 있다. 공감과 호응은 보다시피 언제나 사후적이다. 걸쳤던 "겨울코트를" 벗듯 이곳의 육체를 이탈하여 "너는 이미 다른 분리에 들어섰"고, 그런 "그의 등 뒤를 노을로 오래 바라보며 서 있었던 때"를 잊지 못한들, 감정을 뒤따르는 생각의 전진은 "거기까지다"(「유체이탈」). 안정옥의 시는 우리는 누구나 무심과 오해로 점철된 관계 속에서 죽어가는 중이고, 죽어가던 것들과 잠깐씩 이별함으로써 '너'라는 존재 지평에 가닿는다는 불편한 진실에서 출발한다.

3.

이처럼 문학에서 삶과 죽음에 대한 물음은 계속되었고 앞으로도 계속될 것이다. 쉽게 정답에 도달할 수 없는 대개의 질문이 그러하듯, 삶과 죽음에 대한 물음에도 정답이란 없다. 이는 질문하는 이가 매번 새로운 답을 찾아내거나, 질문자의 본래 의도가 답을 찾는 데 있지 않고 질문하는 행위 그 자체라서다. 안정옥의 시에서 삶에 대한 답은 다음과 같이 주어진다.

> 먼지가 많을수록 저녁노을 더 붉다
> 빛나는 별은 먼지와 부패덩어리
> 노을과 당신도 내겐 평생 미혹이다
> ―「노을의 입을 빌려」 부분

노을의 입을 빌렸다지만 화자는 머뭇거리지 않는다. 그의 말에 따르면 생은 "평생 미혹"되었으면서 미혹된 줄 모르고 사는 데 불과하다.

사실 미혹은 무엇에 대한 마음의 상태다. 그것은 심성을 어지럽히는 부정적 상태가 아니라 내 내면의 프리즘을 통과한, 즉 '나'의 내면이 깊숙이 투영된 대상을 향한 영혼의 마음 상태라고 할 수 있다. 혹자의 말처럼, 밤하늘의 빛나는 별을 보고 갈 수 있었던 시대의 행복(루카치)도 그 별을 바라보는 인간 내면에 '타자'에 대한 사랑이 타올랐기에 가능한 일이었다. "노을과 당신도 내겐 평생 미혹이다"란 말은 '내'가 당신과 노을을 평생 사랑했다는 뜻인 것이다.

안정옥의 시에서 미혹은 사랑이다. 그의 시에서 "나를 아름답다고 말하는 이가 있나/ 그러면 내 뒤를 캐거나 알아내려/ 애쓰지 마라 노을은 상처다"(「노을의 입을 빌려」)란 부정과, "내 손이 너에게 살짝 닿았다 해도 그것이 언젠가 어떤 방식으로 부풀려 내게 다시 돌아오게 되어 있다"(「염소의 투정조로」)라는 긍정은 이율배반적이지 않다. "수십 마리 새들이 부지런히 입안으로 옮겼을/ 배설들도 벚나무 되고 언젠가 붉은 앵두 되"는 이치라서 "희미한 가로등 아래 새똥을 치우며,/ 한낮을 불평하는 밤"(「버찌감흥」)도 있을 수 있는 것이다. 시인은 "내게 왔던 꽃들과 떠난 꽃들 모두가," 더할 나위 없이 "좋은 위로"(「꽃들의 상냥함」)라고, 노을에 홀리지 않는 이성적 '적막'보다 "격하게 흔들리는" '바깥'의 시적 순간이 있어서, 그리고 "문득 눈이 녹듯" 사라지는 "짧"(「나무 가시밭」)은 생이기에 황홀할 수 있노라 고백한다. 함께 읽을 「나무 가시밭」은 "누구나 생의 끝자락이 적막이라지만" 그러한 절망이야말로 황홀한 절망임을 말해준다.

나무들은 있음으로
제 몸이 부풀다 터지면 5월이 오고
무성한 잎들이 그늘을 맞이하면
사방 모든 걸 볼 수 있는 도마뱀처럼
나무는 별 거리낌이 없다

격하게 흔들리는 건 언제나 바깥이다

아침, 벚나무가 길게 늘어선 길을 지나왔다
잎을 다 내린 나무들은 어두운 가지들을
속내처럼 들춰 내 짐짓 그 길이 가시밭이다

가시들도 견디다 못해 글자의 생김새로
　　사람도 견디다 못해 중얼거림으로
　　그런 반복을 거치면 적막이다

　　누구는 생의 끝자락이 적막이라지만

　　나무가 온 삶을 비유적으로 말하지 못하고
　　그렇게 오랫동안 제 몸을 늘려대기만 한 것을

　　문득 눈이 녹듯
　　나의 온 삶은 훨씬 짧게
　　　─「나무 가시밭」 전문

　　화자는 이날 아침, 잎을 다 내린 벗나무가 길게 늘어선 길을 지나왔다. "나무들은 있음"으로 존재한다는 화자의 성찰은 생을 의식하지 않은 채 존재하는 것들에 대한 깨달음이다. 나무는 제 몸을 부풀려 잎들을 틔우고 그늘을 만들고, 다시 그 잎들을 내리는 과정을 반복하지만, "그렇게 오랫동안 제 몸을 늘려대기만 한 것"에 완벽히 무감하다. "나무는 별 거리낌이 없다"라거나, "격하게 흔들리는 건 언제나 바깥이다"란 표현은 나무가 한 번도 살아본 적이 없다는 말로 들린다. 생은 의식하는 존재에게만 생이다. 생을 의식하지 않는 존재에게 생은 존재하지 않는다. 때문에 "문득 눈이 녹듯/ 나의 온 삶은 훨씬 짧게"란 화자의 다짐은, 눈이 녹듯 허망하게 사라질 생을 의식하는 존재에 대한 자각이자 경탄으로 다가온다. 격하게 흔들리면서, 혹은 격하게 미혹 당하면서, 그러함에도 자신의 유한성을 의식하기에 인간은 황홀하게 절망할 수 있다. 적막은 적막이므로, 꽃도 나무도 인생도 문득, 눈이 녹듯 스러질 것이므로.

4.

"그러니까 살아있다는 것은 죽은 것을/ 두 팔로 안고 있어야 한다는 말이"(「저리도 붉은 것이」, 『다시 돌아 나올 때의 참담함』)다. 인류 역사라는 서적에서 죽음은 영원한 고전이자 신간이다. 출생이 죽음의 시작이란 서양 속담은 진부하기보다 불변의 진리라고 해야 옳다. "네가 세상을 떠날 때/ 네가 죽는 바로 그날부터 너의 더러운 육신은/ 악취를 풍기기 시작"한다고 네송은 노래했지만, 그것은 죽음이 아니라 썩어 악취를 풍기는 주검에 대한 시에 불과하다. 그러니 대체 죽음이란 무엇인가? 『나의 온 삶은 훨씬 짧게』는 거기에 대한 답을 적지 않게 내놓고 있다. 시인이 보기에 "가장 아름답게 꾸미고 날짜, 시간에 맞춰 나가서 맞이할 사람처럼 그렇게 만나야 할 죽음은 어디에도 없다"(「월요일 편지」). "밥 먹다 수저 놓듯 잠에서 눈뜨듯" 자연스럽게, "옷을 갈아입고 문을 열고 문을 닫고/ 달은 준비된," 자세로, "맡겨놓은" 물건이라도 찾는 사람처럼 죽음을 맞을 수는 없는 노릇이라고, "그래서 어려움을 겪지"(「죽음이 무엇인가」)라며 죽음을 불현듯 맞이할 수밖에 없음을 안타까워한다. 그러니 "그들이 데리러 오기 전, 내 발로 성큼성큼 걸어/ 모르포 나비의 양쪽 날개를 겨드랑이에 붙이고/ 두려움 많다는 죽음, 그곳에 날아갈 수는 없을까"(「운치 있게」)
란 질문은, 운치 있게 죽음을 맞이할 수 없음을 전제한다.
더군다나 어느 하루도 부고장을 보내거나 받지 않은 날은
이 세상에 존재하지 않는다. 부고장은 언제 어디서고 "울타
리에 편지처럼 꽂혀" 우리를 기다린다.

> 어린 내게 정구지 사오라고, 개가 있는 집은 무서웠어,
> 이번엔 정구란 어려운 이름이 떠오르질 않는다
> 시든 걸 사왔다고 불같이 화를, 고추나 오이는 명징하다
> 이름이 여러 개인 정구지라는 말, 지금도 불편해
>
> 길가 집 울타리에 편지가 꽂혀 있다 나에겐 소중한 편지,
> 반가운 소식을 집에 전해준다 불같이 화를, 부고장이라고
> 교실에선 답이 틀린 수대로 손바닥을 맞고, 흐느낌들
> 그런 일에 도대체 나는 울어 본 적이 없다
>
> 술을 마시고 늦게 들어왔다 불같이 화를, 내가 빠질 불속,
> 그러나 흥, 그런 사소한 일에 눈 깜짝할 줄 알아
> 세상의 불같은 화가 다행히 내 몸에는 옮겨 붙지 않는다,
> 그러니까 내 몸은 불붙은 당신을 쉽게 끌 수는 있다
>
> 내가 잘한 일은 불같이 화를 내는 당신의 그 자체만
> 묵묵히 바라보고 대꾸 없이 다 들어준 일이다
>
> 대신 얻은 것은 봄꽃이 흐드러지게 오는, 장마가 세차게
> 내리는 밖이란 걸, 눈이 쌓인 나무 위 새를 온 종일,

당신이라는 사물을 온 종일 멈추지 않고 바라본 일이다
그것이 세상이 내게 준 가장 큰 특혜였으니

목적을 이만큼 실현하였으니, 그렇게 불편한 삶은 아니다
그러니 그 멀리 부추 혹은 정구지를 사러
꽃고무신을 신고 꽃잎처럼 발걸음도 가볍게 갔을 테지
—「부고장을 받던 시절이 있었다」 전문

이 시에 반복되는 "불같이 화를"은 여러 장면을 연결하여 하나의 몽타주로 만드는 역할을 담당한다. '불같이 화를'은 에피소드와 에피소드 간에 존재하는 시간성이 연속적 운동성을 띠게 만들고, 장면과 장면 사이에 비약과 생략을 가능케 함으로써 "그렇게 불편한 삶은 아니"었던 하나의 몽타주를 구성하는 것이다.

다양하나 통일성을 갖춘 장면들, 즉 시에서의 에피소드들은 정색하기에는 다소 해학적이다. 어린아이의 시선에 드러난 어른들의 부당하고 치졸한 언행, 예컨대 양심적이지 못한 상인에게 시든 정구지를 사 왔다고, 상喪이라는 한자를 모르는 아이가 집 울타리에 꽂힌 부고장을 반가운 편지인 줄 알고 들고 들어왔다고, 시험지에 틀린 답을 선택했다고 불같이 화를 내는 어른들을 이해하려면 보잘것없는 삶을 보듬어 안고 감쌀 수 있는 넉넉함이 필요하다. 이는 당시 아이의 눈높이에서 이루어질 수 있는 일은 아니나, 성인이 된 화자에게는 가능하다. 그는 술을 마시고 늦게 들어왔다며 "빠질 불 속"을 운운하는 '당신'의 도덕적 강박에 "흥, 그런 사소한 일에 눈 깜짝할 줄 알아"라고 대응한다. 화자

는 "도대체" 울어본 적이 없다. 대신에 그는 '당신'들이 불같이 화내는 걸 "묵묵히 바라보고 대꾸 없이 다 들어"주었다. 그럼으로써 봄꽃이 흐드러지고 장마가 세차게 내리는 "밖", 눈 쌓인 나뭇가지 위의 새를 관찰하는 바깥에서의 삶을 살 수 있었다. "당신이라는 사물을 온종일 멈추지 않고 바라"볼 수 있었으며, 그런 일이야말로 "세상이 내게 준 가장 큰 특혜였"다고까지 말한다. "목적을 이만큼 실현"하였으니 그만하면 괜찮다는 화자 삶의 몽타주는, 결국 장면과 장면 사이를 넘나드는 이 같은 태도로 인해 완성된다.

그런데 다만 이뿐인 걸까? 시를 읽는 우리는 완성된 몽타주 위로 다른 장면이 중첩됨을 경험한다. 아이에서 어른으로의 시간 연쇄가 역전되며 심상적 리얼리티를 획득한 장면은, "멀리 부추 혹은 정구지를 사러/ 꽃고무신을 신고 꽃잎처럼 발걸음도 가볍게" 가는 아이가 울타리에 꽂혀 있는 부고장을 발견하는 데서 멈춘다. 개별적이면서도 일반성을 획득한 이 장면은 죽음과 함께 살아가는 삶의 조건을 표상한다. 천진한 아이는 죽음을 모르고, 죽음을 껴안고 살아가는 우리도 죽음을 모르기는 마찬가지다.

빛들이 흩어지는 일몰에는 서러움이 몰려온다. 눈앞의 풍경은 이내 어둠 속으로 사라진다. 금세 오는 죽음이자 죽음의 은유다. 이렇듯 죽음에 대한 상념은 상실과 슬픔과 이별 등등을 거느리며 마음을 헐겁게 흔들어놓는다. 신체 하나에 그림자 하나가 따르듯, 죽음은 애초 인간의 출생에서부터 깃들어 있는 실체다. 이 명확함과는 반대로, '내 차례'의 죽음은 떠도는 풍문처럼 막연하고 추상적이다.

가릴 수도 메울 수도 없는 커다란 공백. '죽음'이라는 절망적 심연을 극복하기란 불가능하다. 삶이 죽음을 바꿔놓을 수 없으나, 죽음을 생각함으로써 삶은 조금쯤 달라질 수 있으리라. "나의 쓰임새는 눈뜨면서부터/ 누군가를 향해 지저귀는 것"(「다른 쓰임새」)이라는 시인으로서의 자각과 "죽음의 책무"(「책무라는 돌」)를 깨닫는 일이 죽음에 대한 끝없는 사유의 결과이듯, 안정옥의 시가 "죽음과 삶을 같은 줄기로 가지런히 세우니/ 모든 게 잘 갖추어진 줄기 다 부족함이 없다"(「반 토막」)라며 바다 모를 깊이로 깊어지듯……

안 정 옥

안정옥 시인은 1990년 『세계의 문학』을 통해 등단했고, 시집으로 『붉은 구두를 신고 어디로 갈까요』, 『나는 독을 가졌네』, 『나는 걸어 다니는 그림자인가』, 『아마도』, 『헤로인』, 『내 이름을 그대가 읽을 날』, 『그러나 돌아서면 그만이다』, 『연애의 위대함에 대하여』, 『다시 돌아나올 때의 참담함』 등이 있고, 애지문학상을 수상한 바가 있다.

안정옥 시인의 『나의 온 삶은 훨씬 짧게』는 작은 우주에 해당하는 우리의 삶이 수많은 상실과 부재의 퇴적층이고, 누군가 지나간 자리를 내가 현재 대신하거나 나 또한 지나가고 있음을 감지한, 그 죽음과의 접촉을 통한 감수성의 파동을 기록한 기록물이다. 시인은 "기존 슬픔에 구멍을 내는 작업"을 통해 우리의 눈앞에 가릴 수도 메울 수도 없는 커다란 공백, 혹은 말라르메의 말을 빌린다면 '자신의 죽음'이라는 절망적 심연을 출현시킨다.

이메일 anock925@hanmail.net

안정옥 시집

나의 온 삶은 훨씬 짧게

발　　행　　2024년 9월 27일
지 은 이　　안정옥
펴 낸 이　　반송림
편집디자인　　반송림
펴 낸 곳　　도서출판 지혜, 계간시전문지 애지
기획위원　　반경환
주　　소　　34624 대전광역시 동구 태전로 57, 2층 도서출판 지혜
전　　화　　042-625-1140
팩　　스　　042-627-1140
전자우편　　eji@ji-hye.com
　　　　　　ejisarang@hanmail.net
애지카페　　cafe.daum.net/ejiliterature

ISBN　　　979-11-5728-552-5　03810
값　　　　10,000원

* 2024년 원로 예술지원 선정 프로젝트
　후원: 서울특별시, 서울문화재단